MW01155313

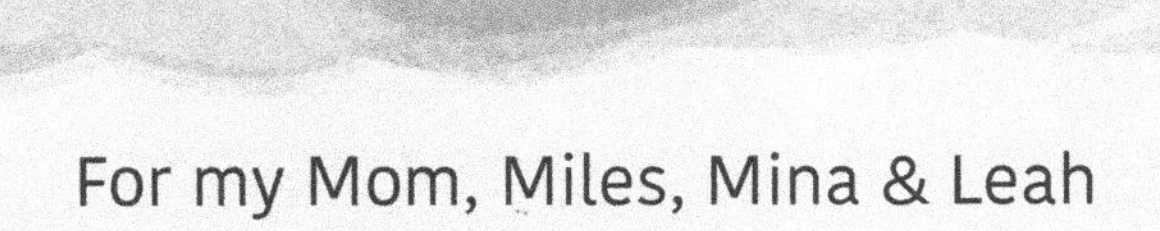

For my Mom, Miles, Mina & Leah

No one has ever become poor by giving.

- Anne Frank

ISBN: 978-1-953281-69-2

Bà ba shuō, “Míng tiān shì Pó po de shēng rì, suó yí wǒ men yào jǔ xíng yí gè dà pài duì!”
爸爸说，“明天是婆婆的生日，所以我们要举行一个大派对！”

Mài ěr sī duì zhe yì zhí péi bàn tā de lóng wá wa Ā fú shuō,
迈尔斯对着一直陪伴他的龙娃娃阿福说，

“Tīng dào le ma, Ā fú? Yí dìng huì hén hǎo wán de!”
“听到了吗，阿福？一定会很好玩的！”

“Tomorrow is Popo’s birthday, and we’re going to celebrate with a party!” Daddy said.

Miles turned to Lucky, his favorite stuffed dragon that had been with him since birth. “Did you hear that, Lucky? It will be so much fun!”

Rán hòu Mài ěr sī zhòu le méi tóu. Cān jiā shēng rì pài duì jiù yào sòng lǐ wù.
然后迈尔斯皱了眉头。参加生日派对就要送礼物。

Dàn shì...... Tā méi yóu lǐ wù ké yí gěi tā qīn ài de Pó po.
但是……他没有礼物可以给他亲爱的婆婆。

Then Miles frowned. Birthday parties meant giving gifts.
Only...he didn't have a birthday gift for his beloved grandma.

Mài ěr sī xiǎng, “Wǒ guò shēng rì de shí hòu,
迈尔斯想，“我过生日的时候，

Pó po dōu huì géi wǒ hóng bāo. Dàn shì wǒ méi yǒu qián ké yí gěi tā!”
婆婆都会给我红包。但是我没有钱可以给她！”

“For my birthday, Popo always gives me hongbao, a lucky red envelope filled with money,” Miles thought. “But I don’t have any money to give!”

Mā ma tí le yí gè jiàn yì,

妈妈提了一个建议，

“Yào bù nǐ gěi tā huà yì fú huà ba?”

“要不你给她画一幅画吧？”

“Why don’t you draw a picture for her?” Mommy suggested.

Mài ěr sī tóng yì, “Hǎo a!

迈尔斯同意，“好啊！

Pó po yí dìng huì xǐ huān!”

婆婆一定会喜欢！”

Miles agreed. “Yes! Popo will love that!”

Mài ěr sī huà le yì zhāng yòu yì zhāng,

迈尔斯画了一张又一张，

Miles drew one after another,

dàn měi yì zhāng dōu bú tài hé shì.

但每一张都不太合适。

Tā shuō, "Wǒ de huà tài

他说，“我的画太

cū cāo le! Zhè bù xíng!"

粗糙了！这不行！”

but none of them came out quite right. "My drawings look too sloppy!" he said. "This won't do!"

Bà ba tí yì, “Wǒ men gěi tā zuò yí gè dàn gāo ba, zěn me yàng?”

爸爸提议，“我们给她做一个蛋糕吧，怎么样？”

“How about we bake her a cake?” Daddy offered.

Mài ěr sī shuō, “Hǎo a!”

迈尔斯说，“好啊！”

“Yeah!” said Miles.

Bà ba hé Mài ěr sī shōu jí le suó yǒu de cái liào.

爸爸和迈尔斯收集了所有的材料。

Daddy and Miles gathered all the ingredients.

Mài ěr sī jiǎo zhe miàn hú shuō, "Zhè ge huì hěn wán měi de!"

迈尔斯搅着面糊说，“这个会很完美的！”

"This will be perfect!" Miles said, mixing the batter.

Dàn tā men zuò chū lái de dàn gāo bìng bù wán měi. Tā shì wāi wāi de! Bà ba xiào le xiào.

但他们做出来的蛋糕并不完美。它是歪歪的！爸爸笑了笑。

"Méi guān xi, hái shì huì hén hǎo chī de!"

"没关系，还是会很好吃的！"

But the cake was not perfect. It was crooked! Daddy smiled. "That's okay, because it will still taste delicious!"

Mài ěr sī yáo tā de tóu. Tā bù néng gěi Pó po wāi wāi de dàn gāo!

迈尔斯摇他的头。他不能给婆婆歪歪的蛋糕!

Miles just shook his head. A crooked cake was not a good enough gift for Popo!

Mài ěr sī shuō, "Ā fú, yé xǔ
迈尔斯说，“阿福，也许

Pó po huì xǐ huān wǒ de wán jù!"
婆婆会喜欢我的玩具！”

"Lucky, maybe Popo would like one of
my toys," said Miles.

Pó po xǐ huān gēn tā yì qǐ wán pīn tú,
婆婆喜欢跟他一起玩拼图，，
dàn zhè fú yǒu yí kuài pīn tú bú jiàn le.
但这幅有一块拼图不见了。

She did like doing puzzles with him, but this one was missing a piece.

Mài ěr sī shuō, “Yé xú wǒ ké yǐ shè dìng zhè ge jī qì rén gěi Pó po chàng
迈尔斯说，“也许我可以设定这个机器人给婆婆唱

shēng rì kuài lè!” Dàn tā de jī qì rén bù xíng yīn wèi diàn chí méi diàn le!
生日快乐！”但他的机器人不行因为电池没电了！

“Maybe I can program my robot to sing Happy Birthday!” Miles said.
But his robot didn’t work. It was out of batteries!

Mài ěr sī zài hòu yuàn zhǎo dào le yì xiē hóng sè de
迈尔斯在后院找到了一些红色的
yù jīn xiāng. Tā shuō, “Hóng sè shì Pó po zuì xǐ
郁金香。他说，“红色是婆婆最喜
huān de yán sè, yé xǔ tā huì xǐ huān zhè xiē!”
欢的颜色，也许她会喜欢这些！”

In the backyard, Miles found some tulips. “Red is Popo’s favorite color. Maybe she’d like these!” he said.

Kě shì Mài ěr sī de góu bǎ huā cǎi huài le!
可是迈尔斯的狗把花踩坏了！

But then Miles’ dog trampled them!

Mài ěr sī dī xià le tóu. Tā zhǎo dào de lǐ wù dōu bú gòu hǎo.

迈尔斯低下了头。他找到的礼物都不够好。

Miles lowered his head. Nothing he'd found for Popo was good enough.

Mā ma wèn, "Zěn me huí shì, qīn ài de?"

妈妈问，“怎么回事，亲爱的？”

"What's wrong, honey?" Mommy asked.

Mài ěr sī cā le tā de yǎn lèi.

迈尔斯擦了他的眼泪。

"Wǒ zhǎo bu dào hé shì de lǐ wù gěi Pó po!"

"我找不到合适的礼物给婆婆！"

Miles wiped his tears. "I can't find the right gift for Popo!"

"Bié dān xīn. Pó po huì xǐ huān nǐ zuò de huà hé dàn gāo."

"别担心。婆婆会喜欢你做的画和蛋糕。"

"Don't worry. Popo will love your picture and the cake."

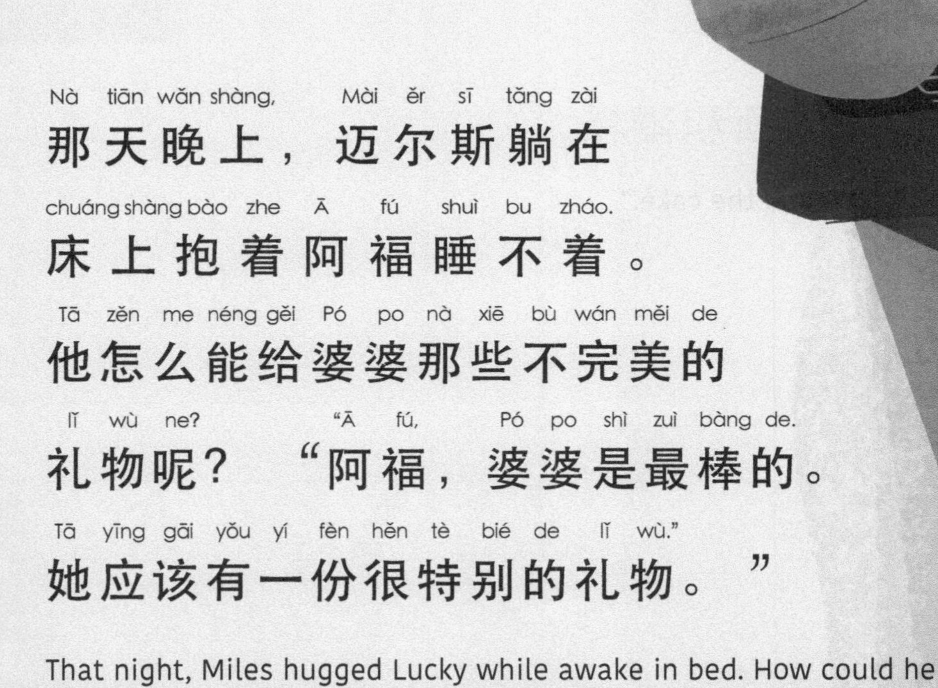

Nà tiān wǎn shàng, Mài ěr sī tǎng zài
那天晚上，迈尔斯躺在
chuáng shàng bào zhe Ā fú shuì bu zháo.
床上抱着阿福睡不着。
Tā zěn me néng gěi Pó po nà xiē bù wán měi de
他怎么能给婆婆那些不完美的
lǐ wù ne? "Ā fú, Pó po shì zuì bàng de.
礼物呢？“阿福，婆婆是最棒的。
Tā yīng gāi yǒu yí fèn hěn tè bié de lǐ wù."
她应该有一份很特别的礼物。”

That night, Miles hugged Lucky while awake in bed. How could he give such imperfect things to his wonderful Popo? “Lucky, Popo is the most amazing grandma. She deserves something really special.”

Dì èr tiān zǎo shàng, Mài ěr sī qǐ chuáng hòu xiǎng dào le yí gè fēi cháng hǎo de zhǔ yì.

第二天早上，迈尔斯起床后想到了一个非常好的主意。

The next morning, Miles woke up with a brilliant idea.

Tā xiào zhe bǎ wán měi de lǐ wù fàng zài hé zi lǐ miàn,

他笑着把完美的礼物放在盒子里面，

rán hòu zài hé zi shàng jì shàng hóng sè de sī dài.

然后在盒子上系上红色的丝带。

He smiled as he placed his perfect gift inside a box and tied it with a big red bow.

Zài Pó po de jiā lǐ, quán jiā jǔ
在婆婆的家里，全家举
xíng le yí gè shēng rì dà cān.
行了一个生日大餐。
Yǒu xiàng zhēng cháng shòu de miàn tiáo hé shòu
有象征长寿的面条和寿
táo、 jí xiáng de zhēng yú hé jiǎo zi、
桃、吉祥的蒸鱼和饺子、
hé dài biǎo tuán yuán de tāng yuán.
和代表团圆的汤圆。

At Popo's house, the family celebrated with a birthday feast. There were noodles and peach-shaped buns to symbolize long life, steamed fish and dumplings for good fortune, and sweet rice balls called tangyuan for family togetherness.

APPY B

Chī wán fàn hòu, Mài ěr sī bǎ tā de lǐ wù gěi le Pó po.
吃完饭后，迈尔斯把他的礼物给了婆婆。

“Wǒ hái yóu lǐ wù yào géi nǐ, Pó po!”
“我还有礼物要给你，婆婆！”

After the feast, Miles handed Popo his box.
“I have one more gift for you, Popo!”

Pó po xiǎo xīn de dǎ kāi le lǐ wù. "Ā fú? Nǐ zuì xǐ huān de lóng wá wa?

婆婆小心地打开了礼物。"阿福？你最喜欢的龙娃娃？

Wā, xiè xie! Wǒ zhī dào ní yǒu duō ài tā."

哇，谢谢！我知道你有多爱它。"

Popo carefully opened it. "Lucky? Your favorite dragon? Wow, thank you! I know how much you love him."

"Wǒ zhí xiǎng géi nǐ zuì hǎo de!" Mài ěr sī wéi xiào.
"我只想给你最好的！" 迈尔斯微笑。

"I wanted you to have the best!" beamed Miles.

Pó po jiě shì, "Zhè ge lǐ wù zhēn tè bié, dàn ní yǐ jīng gěi le wǒ zuì hǎo de lǐ wù."
婆婆解释，"这个礼物真特别，但你已经给了我最好的礼物。"

"This gift is truly special, but you've already given me the best gift," explained Popo.

Mài ěr sī wèn, "Zhēn de ma?"
迈尔斯问，"真的吗？"

"I did?" asked Miles.

Pó po wéi xiào zhe shuō, "Shì, nà jiù shì gēn nǐ zài yì qǐ de shí jiān! Qí shí wǒ zhè jǐ
婆婆微笑着说，"是，那就是跟你在一起的时间！其实我这几

tiān yóu diǎn máng, wó kě néng méi yǒu shí jiān zhào gù Ā fú. Nǐ jué dé nǐ ké yǐ bāng wǒ ma?"
天有点忙，我可能没有时间照顾阿福。你觉得你可以帮我吗？"

"Yes, spending time with you!" Popo said with a big smile. "Actually, these days, I've been pretty busy. I'm not sure I can give Lucky the attention he deserves. Do you think you can take care of him for me for a while?"

“O, hǎo a! Wǒ huì wèi nǐ háo hǎo zhào gù tā! Pó po, nǐ fàng xīn ba!”

“哦，好啊！我会为你好好照顾它！婆婆，你放心吧！”

“Oh, yes! I will take REALLY good care of him for you. You can count on me, Popo!”

Pó po shuō, "Xiè xie, Mài ěr sī. Nǐ shì shì jiè shàng zuì tiē xīn de hái zi! Wǒ zhè cì de
婆婆说，“谢谢，迈尔斯。你是世界上最贴心的孩子！我这次的
hēng rì zhēn tè bié. Wǒ ài nǐ!"
生日真特别。我爱你！”
"Thank you, Miles," Popo said.
"You are the sweetest
boy in the world. I
couldn't have had a
better birthday.
I love you!"
"Wǒ yě ài nǐ, Pó po!"
“我也爱你，婆婆！”
"I love you too, Popo!"

HIGHLIGHTS FROM CHINESE CULTURE

Chinese culture is rich in traditions, customs, and symbolism. Many foods and objects have more than one meaning. Here are a few from the story:

DRAGON 龙

A Chinese dragon, *lóng*, is a cultural symbol of power, strength, and good luck. It is believed that this spiritual, mythical creature has control over water and rain.

DUMPLINGS 饺子

These dumplings, *jiǎozi*, are filled with meat and veggies. They symbolize wealth because their shape is similar to gold or silver ingots, a form of money in ancient times.

CAKE 蛋糕

The Chinese word for cake, *gāo*, is a homonym for "tall" or "high." Cakes of all kinds are often eaten during Chinese New Year, birthdays, and many other celebrations.

BIRTHDAY NOODLES 面条

Long noodles are commonly eaten on birthdays to represent long life. Special care is taken to make sure each noodle remains unbroken.

FISH 鱼

The actual word for fish, *yú*, also sounds like "abundance" or "surplus". Eating fish symbolizes that you'll always have more than enough.

TANGYUAN 汤圆

These glutinous rice balls filled with sweet or savory fillings represent being with family because *tāngyuán* sounds like "tuányuán" which means gathering together.

LONGEVITY BUNS 寿桃

These peach shaped buns, *shòutáo*, filled with lotus or red bean paste, are often served at birthdays for the elderly. According to folk legends, these peaches grant humans immortality.

RED ENVELOPES 红包

These monetary gifts, *hóngbāo*, containing crisp bills, are commonly given during special occasions. They represent good luck, and their red color is a symbol to ward off evil spirits.

MANDARIN ORANGES 橘子

This fruit symbolizes good fortune because the word sounds similar to the word luck and wealth. The color also represents gold. It's a popular gift during Chinese New Year.

For an audio reading in Mandarin and more books by Katrina liu visit

MINALEARNSCHINESE.COM

@minalearnschinese

ABOUT THE AUTHOR

Katrina Liu is an American-born Taiwanese/Chinese mom and children's book author from San Francisco, California. She lives with her husband, 2 daughters, and dog, Musubi, and is passionate about amplifying Asian-American stories and sharing Asian culture with the world. She's written several books including bilingual children's books in Chinese and English, intended to support non-native speaking families.

Lightning Source UK Ltd.
Milton Keynes UK
UKHW052316090522
402713UK00002B/107